ÉCONOMIE

DE

L'AMOUR.

A ABBEVILLE, IMPRIMERIE DE H. DEVÉRITÉ,

IMPRIMEUR DU ROI.

ÉCONOMIE

DE

L'AMOUR,

POËME EN TROIS CHANTS;

Par P. L.....

A PARIS,

CHEZ TOUS LES MARCHANDS DE NOUVEAUTÉS.

1820.

Avant-Propos.

En présentant ce poëme sous le nom d'Économie de l'Amour, j'ai désiré que l'on pût juger de suite d'après quelle intention il a été fait. Dans un siècle où l'on ne parle que d'économies : économie politique, économie rurale etc., il était naturel de considérer sous ce point de vue un objet bien important pour l'espèce humaine, et d'offrir un traité d'Économie des plaisirs de l'Amour.

A quoi bon toutes les économies du monde, si cette dernière nous manque. Les autres peuvent servir de base et de soutien à la vie; mais celle-là en fait à coup sûr le charme et l'agrément. Si la véritable richesse est moins dans les trésors qui nous en—

vironnent que dans la puissance d'en jouir, la plus
utile des économies est sans contredit celle qui nous
apprend l'art de ménager nos facultés.

La nature a mis en nous un instinct impérieux
qui nous gouverne et même nous entraîne; s'il est
abandonné sans frein à toute son impétuosité, d'a-
bord il nous égare, nous pousse d'excès en excès,
et après il nous tue, ou nous laisse dans une lé-
thargie plus funeste que la mort. Ainsi le plus beau
présent que nous ayons reçu, tourne contre nous-
mêmes, et devient une source inépuisable de cha-
grins et de remords les plus cruels.

C'est donc un service rendu à tous les hommes,
que d'avoir armé leur faiblesse contre la séduction
du vice; d'avoir embelli, pour leur défense, la force
du raisonnement des prestiges de la poësie. Ce n'é-
tait pas avec une morale trop sévère qu'on pouvait
se flatter de réussir; la nature réclame contre des
privations absolues : l'homme n'est point fait pour
elles. Si d'une main on lui enlève la coupe empoisonnée de la débauche, en mettant sous ses yeux

les peintures effrayantes du libertinage, de l'autre
on lui montre une retraite isolée et riante, où il
peut passer des heures délicieuses au sein des plaisirs et des voluptés honnêtes. Le cœur ne saurait
trouver de plus grandes jouissances que dans un
amour bien ordonné; en effet, quelle source féconde
de plaisirs et de ravissements pour un sage économe!
Car il est vrai que le cœur et les sens sont liés
par des rapports très intimes; plus on multiplie
les jouissances de ceux-ci, plus celles du cœur de-
viennent rares, et ces jouissances sont seules vrai-
ment inépuisables.

Telles sont les vérités utiles et les sages leçons
renfermées dans ce Poëme; si je puis parvenir à
plaire en les faisant goûter, j'aurai rempli le but
que je me suis proposé.

ÉCONOMIE

DE

L'AMOUR.

CHANT PREMIER.

Amour, divin Amour, je chante tes bienfaits,
Tes doux ravissements et tes puissants attraits ;
Je chante tes langueurs qui consument les âmes,
Tes regards, tes soupirs et tes baisers de flammes ;
Ces moments fortunés où l'un de l'autre épris,
Les sexes de tes nœuds étroitement unis,
De tes feux embrasés, offrant tes sacrifices,
Dans leurs bras confondus s'enivrent de délices.
Mortels, je veux apprendre à vaincre vos désirs,
Pour verser à longs traits la coupe des plaisirs.

Dociles à ma voix, amants, suivez mes traces,
Couronnez-vous des fleurs que vous offrent les Grâces;
Des leçons de l'amour lorsque l'on est instruit,
L'Économie est l'art d'en recueillir le fruit.

O toi! par qui je vis, objet de mon hommage,
De mon amour constant reçois ici le gage;
Tes regards de ce dieu lancent les traits vainqueurs;
Tes charmes, tes vertus enchaînent tous les cœurs;
Viens prêter à mes vers ta grâce si touchante :
En célébrant l'Amour, c'est toi seul que je chante.

Fuyez, amants, fuyez le serpent dangereux,
Qui de la volupté dans les séjours heureux,
Rampe souvent caché sous ses routes fleuries.
O vous jeunes beautés, par Vénus embellies,
L'Amour guide mes pas, marchez à son flambeau,
Sa main vous a tracé le destin le plus beau.
Des dieux et des mortels, ô déesse adorée,
Souris à mon projet, charmante Cythérée!
Bien que tu ne sois point du nombre des Neuf Sœurs,
On les voit à l'envi rechercher tes faveurs :
Sans cesse dans tes jeux leur plus doux apanage,
Est de t'environner, de t'offrir leur hommage.

Vous qui de quinze étés sentez naître l'ardeur,
Un sentiment plus vif embrase votre cœur;
Par les feux de l'amour où vos sens sont en proie,
A des transports nouveaux votre âme se déploie.

Le jeune homme emporté par l'excès des désirs,
Rompt les fers qui tenaient enchainés ses plaisirs.
Brûlant d'un feu secret la beauté moins avide,
Sur ses charmes naissants jette un regard timide,
Voit son sein plus formé, sous un double contour,
S'élever, s'arrondir, décroître tour-à-tour.
Cependant la nature, avare ou libérale,
Nous verse ses bienfaits dans sa marche inégale.
L'heureux enfant, objet de ses affections,
Arrive jeune encore au sein des passions;
Celui que la marâtre en son courroux fit naître,
Pour d'éternels tourments semble avoir reçu l'être.
Les uns pleins de mépris pour leurs jouets dorés,
Enclins à des plaisirs jusqu'alors ignorés,
Par un secret penchant où l'amour les engage,
S'empressent de s'unir aux beautés de leur âge.
Tel Alcide au berceau montre des bras nerveux,
Lorsque les noirs serpents en replis tortueux,
Élevant dans les airs une crête sanglante,
Sifflent, dressent sur lui leur tête menaçante;
Le redoutable enfant les écrase, et soudain
La terre avec horreur les reçoit dans son sein.
Des exploits du héros tel fut l'heureux présage;
Du séjour des dieux même annonçant le partage.
D'autres n'éprouvent point ces rapides élans,
Ce vif enthousiasme et de l'âme et des sens;

L'art leur est inconnu, seuls dons de la nature,
Émanés de l'amour, son flambeau les épure.
Là, dans une beauté vous voyez la pâleur
Déceler jeune encor le vide de son cœur;
Telle dans son printemps sur sa tige penchée,
Une fleur se flétrit et languit desséchée.

Mais veux-tu t'assurer de ces heureux moments
Destinés de l'amour aux doux égarements :
Observe le climat, et que ton œil sévère
Compare aussi les goûts, l'âge et le caractère.
Tu peux de tes désirs suivre l'impulsion,
Lorsque dans ton sommeil leur vive émotion,
Te jette dans les bras, te retrace l'image
D'une nymphe adorée, objet de ton hommage.

Amour tu régis tout ! l'instant est arrêté
Où Vénus à son char enchaîne la beauté.
La pudeur de l'amour, modeste avant-courrière,
Se place sur son front, fait baisser sa paupière.
O douce modestie ! ô timide embarras !
Il lui manque un bonheur qu'elle ne connaît pas.
Déjà son sein repousse un voile qui le couvre,
Et sa bouche au baiser par des soupirs s'entrouvre;
Plus son cœur est ému, plus elle fait d'efforts,
Pour vaincre ses désirs et ses brûlants transports.
L'amour vient de parler à son âme attendrie;
La voix de son amant, son image chérie,

Soudain lui font sentir le feu de la rougeur.....
Trésor de mon amante, ô céleste pudeur !
Viens embellir son teint de l'éclat de tes roses,
Comme l'on voit briller les fleurs à peine écloses.

Mais si le nom de père et ses doux sentiments,
Te font chérir l'hymen et ses engagements;
Veux-tu voir, ô mon fils, une race nombreuse
Croître en charmant le cours de ta vieillesse heureuse?
Attends que pour jouir cinq lustres accomplis
Accordent la vigueur à tes nerfs endurcis.
Je ne te prescris point, par un ordre sévère,
De te soumettre aux lois de la sagesse austère :
Par elle crains aussi d'étouffer le désir,
Et ce charme inconnu, mobile du plaisir.
Plein d'un tendre respect que sa vertu réclame,
Aborde la beauté qui possède ton âme;
Troublé, timide encor presse sa douce main :
Jaloux de voir briller l'albâtre de son sein,
Regarde en soupirant le voile qui le couvre,
Et qu'une adroite feinte à tes désirs l'entrouvre.
Ses yeux par leur langueur décelant ses pensers,
Sur sa bouche saisis les plus tendres baisers.

Et toi, beauté modeste, aux grâces si touchantes,
Accorde à ton amant ces faveurs ravissantes;
Un seul de tes regards, ses serments, son honneur,
Son amour attentif à captiver ton cœur,

Sans peine arrêteront sa fougue impétueuse;
Et bientôt dans ses bras, épouse vertueuse,
Libre au sein des transports jusqu'alors interdits,
Du bonheur de l'hymen tu goûteras le prix.
Soit que ce droit sacré par des nœuds vous enchaîne,
Soit que de vos désirs le torrent vous entraîne,
D'un plaisir séducteur redoutez les excès:
Mortels, fermez votre âme à ses cruels accès:
D'un cœur sensible et pur, né pour la jouissance,
Conservez la candeur, la vertu, l'innocence.
Fuis l'exemple, ô mon fils! de ces hommes pervers,
Qui moins perdus d'amour que de honte couverts,
Forçant de la beauté les résistances vives,
Offrent d'un vil pinceau les images lascives.
Quel effroyable abus! et quels honteux desseins!
Ces mortels dépravés, par la débauche éteints,
S'efforcent sans pudeur à glisser dans ses veines
Un feu que ni l'amour, ni des promesses vaines,
Ne sauraient allumer; ils veulent en secret
Jouir d'une faiblesse et n'en sont pas l'objet.
A leur exemple affreux, ne te rends pas complice
D'une séduction par un lâche artifice;
Toujours tendre et modeste, attends que ton amour
De ses feux soit payé par un heureux retour.
Pour t'épargner aussi bien des larmes amères,
Ne fréquente jamais ces odieux repaires

De débauche publique, où du crime connus,
Se célèbrent de nuit les rites de Vénus :
Ministres du trépas, dans ces lieux redoutables
Les maux les plus cruels marchent inséparables.
Seul, livré sans défense en ces affreux séjours,
Ah ! crains de t'exposer, ou tremble pour tes jours.
    Là, ta bourse, l'anneau, la pierre étincelante,
Présentant du Pérou la dépouille brillante,
Cette heureuse machine où l'aiguille décrit
Le cours marqué du temps, et que l'art enrichit,
Te seront dérobés ; un homme dans sa rage,
Pour arracher ton or par un cruel outrage,
A son aspect soudain troublant d'indignes feux,
Te ravira l'objet de tes plaisirs honteux.
    Mais ces maux, ô mon fils ! ne sont pas seuls à craindre,
De plus cruels encor, d'horribles à dépeindre,
Par un poison mortel, dont le nom fait horreur,
Te préparent la mort en déchirant ton cœur.
De misères sans nombre une foule s'apprête,
Pour fruit de la débauche, à fondre sur ta tête.
Tu n'éprouveras plus ce tact délicieux,
Ces transports de l'amour, trésors si précieux ;
Ton cœur flétri, blasé par des plaisirs faciles,
Ne traînant vers la mort que des jours inutiles,
Est fermé désormais aux tendres sentiments.
Ils sont perdus pour toi, ces généreux élans

Qu'excite la beauté, lorsque la modestie
A son aimable sœur se trouve réunie.
Tu dessèches ton âme, elle est morte à jamais
Pour la volupté pure et ses divins attraits.
Mais je n'ai fait encor qu'une esquisse légère
Des maux dont les excès sont la source ordinaire.
　　Suivons les pas errants de cet homme égaré,
En butte aux noirs soucis dont il est dévoré ;
A son front, siège affreux d'opprobre et d'imposture,
Au désordre qui règne en toute sa parure,
A ses traits, son air sombre, à ses cheveux épars,
Au remords qui le ronge, à ses affreux regards,
Vois de ces vils plaisirs le sectateur infâme,
Auxquels l'homme se livre en dégradant son âme.
Il se glisse honteux dans l'ombre de la nuit
Où, parmi les horreurs d'un ténébreux réduit,
La débauche hideuse, embrassant tous les crimes,
Distille ses poisons et marque ses victimes.
Ah ! dans ce gouffre impur laissons ce malheureux
Détruire sa santé, premier bienfait des cieux :
Il boit d'un long trépas la coupe empoisonnée,
En proie à tous les maux, son âme gangrénée
Le désire, l'invoque, et ses jours corrompus,
Pour lui-même et les siens sont à jamais perdus.
　　Mais toi, dont le duvet, au printemps du bel âge,
Prête à peine à ton teint le plus léger ombrage ;

Toi, dont le doux sourire et le tendre regard
Montrent un cœur naïf sans le secours de l'art,
Conserve le bonheur et ces élans de joie
Où l'amour le plus pur éclate et se déploie;
Crains d'échanger ces dons, ces précieux trésors,
Contre l'effronterie et les plus vils transports :
Abandonne tes pas à ces aimables guides,
Sur ton front jeune encor ne hâte point les rides;
Que l'âge, en les gravant, inspire le respect
Qu'une heureuse vieillesse exige à son aspect.

Sois plus sage; poursuis la nymphe bienfaisante
Qui te fait dans sa fuite entrevoir son attente;
Qu'une union secrète enchaîne vos deux cœurs,
Tandis que pour toi seul, prodigue de faveurs,
Au loin tous ses captifs, retenus et timides,
Témoins de ton bonheur s'en montrent plus avides.
Livre-toi sans contrainte à la jeune beauté
Que parent la fraîcheur, les grâces, la gaîté;
Folâtre tout le temps de la saison nouvelle,
Et de l'hiver encor charme l'ennui près d'elle.

Déjà de mes leçons, par l'amour averti,
De ma muse je vois le précepte suivi :
Un toit simple, isolé, s'élève au voisinage,
Séjour de l'innocence, il en est le partage;
Une beauté l'habite, et son cœur sans détours
Jamais d'un art trompeur n'emprunta le secours.

Fière sans vanité, belle sans imposture,
Ses charmes et des fleurs composent sa parure.
Il la voit...... sa présence a pénétré son cœur;
Son regard, son sourire expriment la candeur.
Dans le cœur des mortels, l'Amour tient son empire :
Son influence agit sur tout ce qui respire.
Bientôt du jeune amant les regards sont surpris,
Les yeux ont prononcé vingt fois ces mots chéris :
Je vous aime..... L'amour veut-il d'autre langage ?
Est-il pour l'innocence un plus précieux gage ?
Mais le cœur d'un amant n'est jamais satisfait;
Il espère, il se flatte......Inutile souhait !
Seul il se croit heureux, enhardi par sa flamme,
Agité des transports où s'égare son âme,
Déjà de son amante il a pressé la main,
Et sa bouche...... O délire ! ô fantôme trop vain !
Il la voit, il se trouble, et sa langue glacée,
En prononçant ces mots demeure embarrassée :
Chère amante, pour toi je donnerais mes jours;
Oui, crois aux sentiments d'une âme sans détours.
Je donnerais ma vie, et je tremble, et sa vue
Apporte dans mes sens une crainte inconnue !
    Ose voir ce visage, objet de ton effroi;
Cette bouche bientôt, pour gage de sa foi,
Va prononcer des vœux que tu brûles d'entendre.
Il fixe ses attraits du regard le plus tendre;

L'œil humide d'amour, le feu de la rougeur
Se répand sur leur front...... Ce trouble avec lenteur,
Sans qu'ils puissent parler, se dissipe; ô délire!
O silence expressif! qui pourrait te décrire?
D'un amour sans pudeur, ô combien les serments
Sont frivoles et faux, aux yeux des vrais amants!
Qu'il est loin ce bonheur, pour vous peuple, dont l'âme
Croit que parler d'amour c'est en sentir la flamme;
Indignes de ces dons, vous ignorez leur prix.
Quittez cet air timide, ô vous amants chéris!
Mais que dis-je? arrêtez; ah! loin de le détruire,
Puisse-t-il entre vous toujours se reproduire;
Que le nom de l'objet qui charme votre cœur,
Le regard, le toucher, le sourire enchanteur,
Le moindre mouvement de sa robe légère,
Excitent dans votre âme un trouble involontaire.

    Les premiers mots d'aveux sont à peine entendus,
Ils ont ravi leur cœur et leurs sens éperdus.
Je pourrais être aimé? délire inexprimable!
O transport de l'amour! ô bonheur ineffable!
Mais l'amante se tait; ce mot cher et sacré,
Irrévocable vœu par le cœur proferé,
Lui coûte trop encor; ce mot seul : je vous aime,
Reste au fond de son âme. Ah! si cet aveu même
Faisait un infidèle; ô tourment de mon cœur!
Si jeune, si naïf, serait-il un trompeur?

Non, l'ingénuité ne connait point la ruse,
L'aveu qu'elle croit faire à sa voix se refuse :
Elle hésite........ L'amant immobile, inquiet,
Le regard fixe, aspire à saisir son secret.
Ne pouvant supporter cette cruelle attente,
Dans l'ardeur qui l'enflamme, il presse son amante ;
Il touche à son triomphe ; enfin le mot d'amour
Est, avec le bonheur, prononcé sans retour.
Enivrés, éperdus, leurs âmes se confondent.....,
De leur sein oppressé les soupirs se répondent.
L'Amour, dans leurs transports, dans leurs embrassements,
Ivre de volupté, répète ces accents :
D'une vierge timide épargne l'innocence,
Pour jouir sans regret suspends la jouissance.

FIN DU CHANT PREMIER.

ÉCONOMIE

DE

L'AMOUR.

CHANT SECOND.

Amans et vous mortels dont le cœur indécis,
A l'hymen, à ses lois n'a point été soumis,
Recueillez les leçons d'une Muse instructive,
Et prêtez à mes vers une oreille attentive.
Muse, Je ne viens point, ministre séducteur,
Flatter l'égarement et corrompre le cœur;
Si tu daignes mêler, dans un tendre délire,
Aux accents de ma voix, les accords de ta lyre,
Mon but seul est de joindre à de sages leçons,
Les grâces, l'enjoûment et tes plus riches dons.

La nature à l'amour donne un droit légitime ;
A sa voix qui commande on obéit sans crime ;
Tout reconnait ses lois, tout s'en fait un devoir,
Tout de son vaste empire atteste le pouvoir ;
Il perce du néant l'obscurité profonde,
Et s'étend au-delà des barrières du monde.

La nature attentive, en donnant le désir,
Par son impulsion fit naître le plaisir.
En vain l'on prétendrait, usant de violence,
Réprimer ses élans, combattre sa puissance ;
Si sa fougue l'égare, on doit par ses efforts,
Aux lois de la raison soumettre ses transports.

Amant d'Éléonore, ô toi nouveau Tibulle,
Prête-moi tes pinceaux, seconde ton émule ;
Par des vers immortels ton nom charme le cœur ;
Enseigne-moi ton art, ta grâce, ta douceur.

Il est d'heureux moments que l'on doit au hasard
D'instruire de ses feux une amante avec art ;
Par un signe secret, par une adroite feinte,
Exprimez-lui l'ardeur dont votre âme est atteinte ;
Donnant à votre amour mille aspects différents,
Chaque objet sous ses yeux peindra vos sentiments.
C'est par de tels détours, conduits avec adresse,
Que l'on obtient d'un cœur l'aveu de sa tendresse.
Dès que l'amour languit, l'amour perd son pouvoir ;
Loin d'un objet aimé, n'aspirez qu'à le voir,

Que toujours vos écrits, au défaut du langage ,
De votre amour constant lui présentent le gage.
Pour régner sur son cœur, partagez ses secrets;
Ne voyez, n'admirez, n'aimez que ses attraits.
Au désir le plus vif joignez la patience ;
Armez-vous quelquefois d'une noble assurance ,
Réunis, par vos soins, sans vous intimider,
Soyez dans vos discours prompts à persuader.
Profitez des moments que ce dieu vous prépare ;
Un seul instant perdu rarement se répare.
  Le théâtre, la danse, au gré de vos désirs,
Près d'une amante alors, offrent tous les plaisirs.
Par son illusion, la scène enchanteresse
Désarme la beauté , flatte, charme, intéresse.
  La table , où rit l'amour, au sein de la gaîté,
Peut vous faire obtenir le cœur d'une beauté;
Les plaisirs et les jeux y fixent leur empire,
Là, Bacchus se couronne, et Vénus y soupire;
On peut, avec succès, dans ces heureux moments,
Exprimer de son cœur les tendres sentiments.
Placé près d'une amante, et sans que rien éclate,
Etudiez ses goûts, cherchez ce qui les flatte;
Surtout lorsque du vin la légère liqueur
Fait briller dans ses yeux une amoureuse ardeur,
Les plaisirs, le tumulte alors vous favorisent;
Sachez mettre à profit les droits qu'ils autorisent :

Un amant préféré verra naître en ces lieux
L'heureuse occasion qui comblera ses vœux.
Volez donc tous en foule à ces pompeux spectacles;
L'Amour à ses désirs ne connaît point d'obtacles.

Tout mortel à ce dieu doit un heureux tribut,
Charmer est son étude, et jouir est son but.
Mais voulez-vous encore obtenir l'avantage
De captiver un cœur, d'y régner sans partage ;
Attentifs et soumis, ne présentez vos vœux
Qu'à l'objet le plus tendre et le plus vertueux.
C'est pour les cœurs bien nés que l'amour a des charmes,
A la voix qui le flatte il vient rendre les armes.
Pesez cette leçon, amants, tendres beautés,
Soyez vertueux même au sein des voluptés ;
Embrasez-vous d'amour à ses célestes flammes,
Aux transports les plus vifs abandonnez vos âmes.
Mais si ce dieu propice, au gré de vos désirs,
Vous comble de bienfaits; dans le sein des plaisirs,
Que la discrétion, d'un voile impénétrable,
Couvre votre bonheur, le rende inaltérable.
La rose désormais prodigue de faveurs,
Mêlera ses parfums à ses riches couleurs;
Se dépouillant pour vous d'une épine cruelle,
Offrira de l'amour une image fidèle.

Toutefois n'allez point mépriser mes avis ;
Les maux les plus cruels en deviendraient le prix.

Ce dieu tient à nos cœurs un différent langage;
Ceux qui font de ses lois un pénible esclavage,
En s'éloignant bientôt de ses charmes réels,
Trouvent de faux plaisirs et des tourments cruels.
L'amour a ses attraits, l'amour a ses supplices,
L'amertume en corrompt les plus chères délices;
Pour les amants trompeurs, inconstants, ou jaloux,
Le remords vient troubler les moments les plus doux;
Vous accablant alors sous le poids de sa chaîne,
Ce dieu de ses faveurs fera naître la haîne;
L'envie au souffle impur, l'orgueil, les trahisons,
Sur vos jours précieux verseront leurs poisons;
Et l'abus du plaisir usant la jouissance,
La mort consommera votre affreuse existence.

  Soyez aussi prudents; d'un argus curieux,
Évitez avec soin le regard dangereux;
Lorsque par vos baisers, dans une douce extase,
Vous augmentez encor l'ardeur qui vous embrase,
Que l'amour enivré de vos ravissements,
Au comble des plaisirs va confondre vos sens,
Éloignez-vous, fuyez dans un lieu solitaire;
Ce dieu pour ses faveurs exige le mystère.
Là, sous de frais berceaux interdits au grand jour,
Suivez tous les transports où s'égare l'amour,
Venez tendres amants au fond de ces retraites,
Ce dieu va couronner vos plus douces défaites;

Le silence enchanteur, le paisible loisir,
Loin d'un accès profane inspirent le plaisir.
Là, dans ces lieux charmants, tout plaît, tout intéresse,
Tout enseigne l'amour, tout porte à la tendresse;
A l'amante inflexible exprimez votre ardeur,
Vous verrez sur sa bouche expirer la rigueur.

Et toi, lorsque du vin la liqueur pétillante,
A versé dans ton âme une ardeur trop bouillante;
Quand les propos légers, les aveux indiscrets,
Par mille épanchements dévoilent tes secrets;
De celui que l'Amour nous ordonne de taire,
Ton cœur doit à jamais rester dépositaire.
Crains, par une coupable et basse vanité,
De prononcer le nom d'une tendre beauté.
Arrête, ingrat, maîtrise un orgueil téméraire;
Tu trahis de ce dieu le plus tendre mystère.
Mais si ton cœur y trouve un mérite cruel,
Sans craindre de blesser, d'un aiguillon mortel,
Un sexe délicat, timide et sans défense,
De l'Amour offensé redoute la vengeance.
Si tu te fais un jeu d'outrager mon honneur,
En suivant les excès d'une injuste fureur;
Si semblable à l'aspic, ta langue envenimée,
D'un objet qui m'est cher flétrit la renommée,
Tremble..... pour cet outrage il n'est point de pardons.

Beautés que la nature enrichit de ses dons,

Soumettez-vous aux lois que dicte la prudence,
Et vengez votre sexe en prenant sa défense.
Que le violateur des mystères sacrés,
Qui profane des vœux par l'Amour révérés,
Pour un tel attentat n'approche de vos charmes.
Ce dieu vous a remis ses plus puissantes armes ;
Que l'orgueil, le mépris, le dédain, la rigueur,
Confondent l'imprudent, démasquent l'imposteur ;
Redoutez ses aveux et ses vaines promesses,
Ses soins étudiés, ses perfides caresses ;
Gardez-vous d'augmenter, par un fatal instant,
D'un lâche ravisseur le triomphe insultant.
Et toi, si la beauté, te prodiguant ses charmes,
Vient concevoir un jour de trop justes alarmes ;
Soit que le sort jaloux, que l'amour indiscret,
Soit que Lucine enfin révèle ton secret :
Si ta compagne est belle, aimable, vertueuse,
Sacrifie à l'hymen en la rendant heureuse.
Celle en qui tu mettais ta gloire et ton bonheur,
Celle que tu nommais l'idole de ton cœur ;
De qui la confiance et tous les sacrifices
Faisaient de ton amour ses plus chères délices,
Ingrat, oses-tu bien, au mépris de sa foi,
La bannir de ton cœur et l'éloigner de toi ;
Lui refuserais-tu des marques de tendresse,
Toi, qui l'as seul reduite à pleurer sa faiblesse ?

Et sans la consoler, témoin de ses douleurs,
Barbare, pourrais-tu laisser couler ses pleurs ?
Non, calme par tes soins sa vive inquiétude,
Et que tout son bonheur soit ton unique étude.
Sa naissance est obscure, et l'hymen par ses lois
Ne peut de votre amour légitimer les droits;
Ah ! du moins adoucis le destin qui l'opprime,
En sauvant du besoin une triste victime.
Verras-tu condamner à la honte, au mépris,
Ces grâces, ces attraits autrefois si chéris ?
Bientôt elle se joint aux beautés les plus vaines,
Lascives sans plaisirs, folâtres dans les peines.
Celle pour qui ton cœur, sensible et généreux,
S'empressait de voler au-devant de ses vœux,
Victime infortunée ! au milieu des alarmes,
Le remords dans le cœur, les yeux baignés de larmes,
Regarde-la gémir des prodigues faveurs
Que le vice rampant offre au mépris des mœurs ;
Regarde-la livrée à l'odieux repaire,
Où l'impudicité marchandant son salaire,
Cherche par ses efforts à ranimer des feux
Destinés désormais pour des plaisirs honteux.
Soumise à la débauche, à d'infâmes caprices,
Elle sourit..... en proie aux plus affreux supplices.
Mais détournons les yeux d'un spectacle d'horreur,
Dont la vertu rougit et dont frémit le cœur.

A cet horrible état, combien d'infortunées
Par un destin cruel ont été condamnées.
Si le rang, la fortune, unique don du sort,
Eût comblé leurs désirs par un heureux accord ;
Si de son propre sang, la mère sacrilège,
Par un affreux abus du plus beau privilège,
N'eût fait avec le crime un trafic odieux,
Leur cœur eût été pur, sensible et vertueux.

FIN DU CHANT SECOND.

ÉCONOMIE

DE

L'AMOUR.

CHANT TROISIÈME.

L'AMOUR vient réclamer un devoir légitime ;
Nul mortel ne saurait s'y soustraire sans crime.
    Si tu dois quelque jour à ces mêmes plaisirs,
Un gage inattendu, pour fruit de tes soupirs,
Accorde-lui les soins d'une tendresse extrême ;
La nature l'ordonne, entends sa voix suprême.
Que les peuples des eaux, les habitants des airs,
Les monstres rugissants dans le fond des déserts,
Que tout ce qui respire en la nature entière,
Excite dans ton cœur des sentiments de père.

Toi-même, enfant débile, en recevant le jour,
Objet de tant de vœux, de tendresse et d'amour,
Sans les soins paternels que reçut ta naissance,
Sans cette main propice, appui de ton enfance,
Quel serait ton destin, mortel infortuné !
Au milieu des écueils, errant, abandonné ?
Vivrais-tu, père ingrat, pour mettre sur la terre
Des êtres malheureux, voués à la misère ?
Ah ! par ce nom chéri, laisse attendrir ton cœur,
Et tes jours couleront dans le sein du bonheur.

Un fragile arbrisseau, planté par la nature,
S'il reçoit dès l'enfance une heureuse culture,
Bientôt arbre superbe, élève vers les cieux
Ses rameaux toujours verts, son front audacieux.
D'un transport dérobé dans une douce ivresse,
Que n'ont point affaibli l'abus et la mollesse,
D'un tendre embrassement, d'un généreux amour,
La race la plus noble a souvent vu le jour.

Combien de chefs fameux, illustrés d'âge en âge,
Des larcins de l'amour nous présentent le gage ;
Par de brillants exploits tous ont brigué l'honneur
De ceindre le laurier pour prix de leur valeur.
L'amour fit naître Alcide en la Grèce savante ;
L'illustre aventurier, qui de Rome naissante
Traça d'abord les murs et lui dicta des lois ;
La France dans son sein a vu naître Dunois.

Le fruit inattendu de ta vigueur première,
Comme eux, sera peut-être un appui nécessaire :
Il peut, par son audace, et d'un bras valeureux,
Secourir la patrie en des temps périlleux;
Il peut, bravant le joug d'un oppresseur injuste,
Un jour dicter des lois dans un sénat auguste.

Oui, tu dois à l'état ce devoir paternel;
Oui, tu lui dois ce fruit d'un espoir mutuel;
Ne l'abandonne point à la mère étrangère,
Qui pour lui sans pitié, nourrice mercenaire,
Le livre à la famine en son âtre enfumé,
Et le voit par la mort lentement consumé.
Honore par tes soins et ta vive allégresse,
Le nom le plus auguste acquis par la tendresse;
Et, pénétrant ton cœur de ces sages avis,
Remplis tous les devoirs auxquels tu t'es soumis.

Amour! puissant amour! source heureuse et féconde,
Suprême volupté, les délices du monde!
O toi! qui de tes feux embrasant l'univers,
Exerce ton pouvoir sur les êtres divers :
Esclaves de tes lois, sous le plus doux empire,
Nous te reconnaissons dans tout ce qui respire.
Quel mortel peut braver l'atteinte de tes traits?
Tout se sent enflammer, tout cède à tes attraits.
Ton essence divine, à nos ressorts unie,
En épurant les mœurs rallume le génie;

Par toi le cœur se livre aux plus doux sentiments;
Ces généreux transports, ces rapides élans,
Ce délire enchanteur, cette ivresse de l'âme,
Dans nos sens ennoblis, émanent de ta flamme.
La nature rebelle à ta voix s'adoucit;
Tout plaît à nos regards, par toi tout s'embellit.

Toutefois de l'amour, craignez la servitude;
Ne bornez pas vos soins à son unique étude.
Quels que soient ses attraits, il est d'autres plaisirs
Dont vous devez encore occuper vos loisirs;
Cet ascendant vainqueur, ce charme inexprimable,
Par la variété s'offrira plus aimable.

Goûtez tous les écrits de ces auteurs charmants,
Dont les grâces toujours peignent les sentiments;
Parny, tendre Tibulle, et Bernard, notre Ovide,
Dans leurs chants immortels ont pris ce dieu pour guide;
Leurs écrits enchanteurs, dictés par les amours,
Enseignent l'art de plaire, et charmeront toujours.

Aux talents, aux vertus, donnez la préférence;
Pour jouir du bonheur, c'est l'utile science;
Attentifs et prudents à sonder les esprits,
Etudiez des cœurs les plus profonds replis.
Que dans tous vos discours une morale pure,
En attendrissant l'âme, orne l'esprit, l'épure;
C'est l'art le plus certain de régner sur les cœurs.
Qu'importe à vos plaisirs combien d'usurpateurs,

D'illustres scélérats, de tyrans redoutables,
Par des faits odieux se sont rendus coupables;
L'homme dont Grandisson nous trace le portrait,
Offre seul à nos yeux un modèle parfait.
Les temps trop reculés, au mensonge propices,
Citent quelques vertus, et peignent tous les vices.
Qui pourrait, sans frémir, entendre les récits
De ces nombreux forfaits par les siècles transmis?
Ah ! rejetez l'histoire, en crimes trop féconde;
Le sang a seul tracé les annales du monde.

Voyez cette beauté, dont la vive pudeur,
N'ose sur ses désirs interroger son cœur;
Timide, vierge encore, et sans expérience,
Méprisant des conseils dictés par la prudence,
D'une aimable compagne elle fuit les leçons,
Et voudrait détourner de trop justes soupçons,
D'un déplorable amour, esclave infortunée,
Bientôt d'un séducteur sur les pas entraînée,
A sa faible innocence en vain elle a recours,
Et cherche en sa vertu d'inutiles secours;
De la crédulité, malheureuse victime,
Elle succombe enfin au destin qui l'opprime.

Vos cœurs connaîtraient-ils, sans gémir sur son sort,
Les maux et les tourments que termina sa mort.
De la vertu trahie, à soi seule inflexible,
Pour vous, tendres amants, quel exemple terrible !

Aux regrets d'une amie, en proie à ses douleurs,
Sur sa tombe se joint une famille en pleurs.
O vous! qui de l'amour reconnaissez l'empire,
Ce sont-là les leçons dont il faut vous instruire!
Que les pleurs, les sanglots, les plaintes, les regrets,
Au sein de vos plaisirs ne vous troublent jamais.

Il est certains devoirs qu'un noble usage exige;
Combien est insensé celui qui les néglige!
Consumant sa jeunesse en stériles désirs,
Il perd un temps utile et de nouveaux plaisirs.

Déjà l'âge s'avance où, par les ans fanée,
La fleur de nos beaux jours tombera moissonnée.
Ah! malheur à celui qui, dans sa folle erreur,   —
Aurait fait de l'amour son unique bonheur!
En butte aux noirs soucis qui dévorent son âme,
Dans cet horrible état, nul plaisir ne l'enflamme.
D'un bonheur qui n'est plus, en vain le souvenir
Veut de ses sens glacés ranimer le désir;
Désormais la nature à ses vœux se refuse,
Tout trahit son espoir; un vain songe l'abuse!

O vous dont l'âge mûr vient blanchir les cheveux,
Pour ces brûlants transports ne formez plus de vœux.
L'austérité des mœurs de la froide vieillesse,
N'admet point les plaisirs de l'ardente jeunesse.
Il en est temps encor, sans blâmer les amours,
Eloignez-vous, vieillards, de leurs bruyants séjours;

Sur les ailes du temps la volupté s'envole ;
Que de ses feux éteints l'amitié vous console :
Par de honteux excès, aux plus doux sentiments,
Succéderont bientôt les plus cruels tourments.

Mais malheur aux mortels que le funeste usage
Des plaisirs de l'amour a glacés avant l'âge :
C'est en vain qu'ils voudraient, par des sucs dangereux,
D'un amour impuissant rallumer tous les feux ;
Hélas ! bientôt livrés à des maux plus terribles,
Que n'apporte l'Auster sur ses ailes horribles,
Les regrets, les dégoûts, les remords, la langueur,
Se joindront aux poisons qui dévorent leur cœur ;
Ils iront au tombeau, couverts d'ignominie,
Le plus cruel trépas terminera leur vie.

La nature à vos cœurs fait entendre sa voix,
Mortels, apprenez tous à connaître ses lois.
Par-là, vos vrais besoins, soumis à la prudence,
Prolongeront l'amour avec la jouissance.

Et toi, jeune beauté, dont les charmes naissants
Présentent à nos yeux l'image du printemps ;
Semblable à cette fleur que, de sa douce haleine,
Zéphire en badinant ose effleurer à peine,
Apprends qu'à nos regards, lente à s'épanouir,
Un instant la voit naître et bientôt se flétrir.
Ménage le baiser ; la faveur la plus chère
Acquiert un nouveau prix quand l'amour la diffère.

Ce Dieu dans ses faveurs fuit la facilité ;
Delà vient que Laïs , fière de sa beauté ,
N'offre que des plaisirs environnés d'alarmes ,
Et d'un amour trompeur nous fait craindre les armes.
    Aimable modestie, innocence, pudeur ,
Que vos divins attraits sont puissants sur un cœur.
    Mais quoi ! l'Amour m'appelle et vient m'ouvrir son temple :
Suis mes pas, me dit-il, j'enseigne par l'exemple ;
De mes sages leçons, voilà quel est le prix.
Une beauté paraît à mes regards surpris :
Je ne vois plus l'Amour ; ô faveur enivrante !
Dans mes bras amoureux je presse mon amante.
    O toi ! l'unique objet de mes plus tendres vœux ,
De mon brûlant amour tu connais tous les feux ;
Mon cœur toujours épris, dans les fers qu'il adore,
Jure même au tombeau de te chérir encore.
Si je puis, par mes vers, franchir la nuit des temps,
Ce Dieu te devra seul la gloire de mes chants.
    Beautés , de la vertu suivez toujours les traces ;
Que l'aimable pudeur embellisse vos grâces ;
Ses charmes, de l'amour épurant le flambeau,
Nous peint la volupté sous un aspect nouveau.
Le baiser dont l'ivresse apporte dans notre âme
Ces sublimes ardeurs, cette divine flamme,
N'excite de transport qu'autant que la pudeur
Ajoute un nouveau prix à son charme vainqueur.

Vierge céleste, ô toi que d'une voix timide,
Dans ces chants enjoués j'implore pour mon guide,
Hélas! faudra-t-il donc du temple des amours,
Éternelle vertu, te voir fuir pour toujours!
Au milieu des douleurs, au milieu des alarmes,
Sur nos jours corrompus tes yeux versent des larmes:
Dans ces temps dépravés, si parmi les mortels
Les cœurs pouvaient encor t'offrir quelques autels!...
Mais non, l'abus infame et ses lâches complices,
Sur l'univers entier embrassent tous les vices;
On vend l'amour, ô honte! et le siècle présent
Préfère l'artifice à son art innocent.

Gardez-vous, ô mortels! de franchir les limites
Qu'une austère nature a sagement prescrites;
Que l'amour légitime et ses attraits vainqueurs,
Des malheureux humains, puissants consolateurs,
Ne soient point avilis par la débauche impure;
Craignez, mortels, craignez....... mais suivez la nature.

FIN DU CHANT TROISIÈME ET DERNIER.

NOTES.

NOTES.

(Page 17).

Qui te fait dans sa fuite entrevoir son attente.

Et fugit....... et se cupit ante videri.

VIRG. Bucc. Eg. 3.

(Page 22).

Amant d'Éléonore , ô toi nouveau Tibulle...

Parny, auteur connu par ses ouvrages remplis de sensibilité, de délicatesse et de grâces, qui lui ont mérité le surnom de Tibulle français.

(Page 22).

Prête-moi tes pinceaux, seconde ton émule.

Je suis loin, en parlant ainsi, de me croire l'émule de Parny, que je trouve inimitable; mais l'on voudra bien me pardonner cette expression un peu hardie.

FIN.